HÉSIODE ÉDITIONS

ARTHUR CONAN DOYLE

La Rivale

Hésiode éditions

© Hésiode éditions.

1 rue Honoré - 93500 Pantin.
ISBN 978-2-38512-157-0
Dépôt légal : Janvier 2023

Impression Books on Demand GmbH

In de Tarpen 42
22848 Norderstedt, Allemagne

La Rivale

Il y a, quelque part, dans les caves de la banque Cox et Cie, à Charing-Cross, une mallette de fer abîmée, bosselée par les voyages, qui porte, en lettres peintes sur son couvercle, mes nom et qualité, Dr. J. H. Watson, ancien médecin de l'armée des Indes. Les papiers dont elle est bourrée se rapportent, pour la plupart, à de curieuses affaires judiciaires dont fut saisi, à diverses époques, M. Sherlock Holmes. Certaines, non pas des moins particulières, mirent en défaut la sagacité de mon ami, en sorte que, manquant de conclusion, elles ne sont guère racontables : un problème resté irrésolu peut amuser quand même l'amateur, le spécialiste, il ne saurait qu'ennuyer le lecteur occasionnel. En autres cas inexpliqués, je citerai celui de M. James Phillimore qui, rentré chez lui pour prendre son parapluie, ne reparut plus au monde. Tout aussi étrange est la disparition du cutter Alicia parti, un matin de printemps, par un léger brouillard d'où il ne devait plus jamais ressortir. Et comment oublierais-je la mémorable aventure du journaliste et duelliste bien connu Isadora Persano, qu'on trouva fou, les yeux écarquillés, devant une boîte d'allumettes renfermant un ver d'une espèce singulière, inconnue, paraît-il, de la science ?

Outre ces cas spéciaux, il en est d'autres touchant à des secrets de famille si graves que des personnes très haut placées seraient dans la consternation à la seule idée d'une divulgation possible. Ai-je besoin de dire qu'elles n'ont pas à craindre un pareil abus de confiance et que tous les papiers qui les concernent vont être détruits, maintenant que mon ami a le temps de s'en occuper ?

Reste un nombre considérable d'affaires plus ou moins intéressantes que, sans doute, j'aurais déjà relatées si je n'avais eu peur de déterminer dans le public un sentiment de satiété susceptible de réagir sur la réputation d'un homme que je révère. Il en est dont je puis parler en témoin oculaire; au contraire, dans les autres, n'étant pas intervenu ou n'ayant joué qu'un rôle minime, je n'ai pas à me mettre en avant. Pour aujourd'hui, voici une aventure que j'emprunte à mes souvenirs personnels.

Nous étions en octobre. Le vent, ce matin-là, soufflait avec rage et, tout en faisant ma toilette, je regardais tournoyer sous les rafales les dernières feuilles arrachées au platane de la cour derrière notre maison. Quand je descendis pour le petit déjeuner, je m'attendais à trouver mon ami fort déprimé, car il est, comme tous les grands artistes, extrêmement sensible aux influences extérieures. À ma profonde surprise, il était près de se lever de table ; son humeur semblait des plus heureuses et il y avait dans sa gaieté ce je ne sais quoi d'un peu sinistre qui caractérise ses bons moments.

– Holmes, vous avez une affaire en train, lui dis-je.

– Je vois que la faculté de déduction est contagieuse, Watson, me répondit-il. Oui, vous ne vous trompez pas, j'ai une affaire en train. Après un mois d'arrêt complet, la machine se remet en marche.

– Si vous voulez qu'on pousse à la roue ?

– Je veux bien que nous causions, tout à l'heure, quand vous aurez consommé les deux œufs durs dont notre nouvelle cuisinière nous a gratifiés sous couleur d'œufs à la coque. La condition de ces œufs doit n'être pas sans rapport avec le numéro du Family Herald que j'ai vu traîner hier sur un meuble du vestibule. Même un acte aussi simple que de faire cuire des œufs à la coque requiert une attention soutenue, consciente des minutes qui passent, et incompatible avec le roman d'amour que publie cet excellent périodique.

Un quart d'heure plus tard, la table débarrassée, nous étions, Holmes et moi, face à face. Il avait tiré de sa poche une lettre.

– Vous connaissez, me dit-il, Neil Gibson, le roi de l'or ?

– Le sénateur américain ?

– En effet, il a, naguère, représenté au sénat un des États de l'Ouest ; mais sa notoriété lui vient, surtout, de ce qu'il possède les plus riches mines d'or qu'il y ait au monde.

– Parfaitement. Il a dû vivre un certain temps en Angleterre, son nom m'est très familier.

– Voilà cinq ans, il s'est rendu acquéreur d'un immense domaine dans le Hampshire. Vous avez su sans doute la fin tragique de sa femme ?

– Je me rappelle maintenant, et c'est pourquoi son nom m'est si familier. Mais j'ignore les détails de l'affaire.

Holmes fit un geste qui désignait des journaux sur une chaise.

– Je ne prévoyais pas, dit-il, qu'elle dût jamais m'occuper, sans quoi j'aurais préparé d'avance mes extraits de presse. D'ailleurs, bien que sensationnelle, elle ne semblait pas présenter de difficultés à résoudre. La personnalité sympathique n'ôte rien à la clarté des choses. C'est ce qu'a bien vu le jury du coroner, et ce qui ressort, au surplus, des débats de la cour de police. L'affaire va être appelée devant les assises de Winchester. L'issue n'en paraît guère douteuse. Je puis découvrir des faits, Watson, je ne puis les changer ; si, contre toute attente, il ne s'en produit pas de nouveaux, je crains que mon client n'ait à se bercer d'aucune espérance.

– Votre client ?

– Ah ! oui, j'oubliais. C'est votre habitude qui me gagne, Watson : je mets la charrue avant les bœufs. Lisez ceci.

Sur le papier qu'Holmes me tendait, une main hardie, autoritaire, avait tracé les lignes suivantes :

« Claridge's Hôtel, 3 octobre.

« Cher monsieur Holmes,

« Il m'est impossible de voir la meilleure des femmes que Dieu ait faites s'en aller tout droit à la mort sans que je remue ciel et terre pour la sauver. Je ne me charge pas d'expliquer ce qui, jusqu'ici, me semble inexplicable ; mais je sais, j'affirme que miss Dunbar est innocente. Vous connaissez les faits, n'est-ce pas ? Ils défrayent la chronique du pays ! Une pareille injustice me rend fou. J'irai vous voir demain à neuf heures.

« Peut-être, grâce à vous, un rayon de jour percera-t-il les ténèbres ; peut-être ai-je à vous fournir quelque indice dont moi-même je ne m'avise pas. Tout ce que je connais, tout ce que j'ai, tout ce que je suis est à votre disposition pour le salut de cette jeune fille. Si jamais vous avez déployé des ressources dans une affaire, que ce soit dans celle-ci.

« Sincèrement vôtre,
« J. Neil-Gibson. »

– À présent, vous êtes au courant, me dit Sherlock Holmes, qui, sa première pipe fumée, en secouait les cendres pour passer tout de suite à la seconde. Le client que j'attends, c'est Neil Gibson. Quant aux faits de la cause, comme vous n'avez pas le temps de dépouiller tous ces journaux, autant vaut que je vous en résume l'essentiel pour l'intelligence de ce qui peut survenir. Neil Gibson est une des puissances financières du monde ; on lui prête un caractère violent et redoutable. De sa femme, victime du drame actuel, je ne sais rien, sauf qu'elle n'était plus de la première jeunesse et souffrait cruellement des charmes de la jeune institutrice placée auprès de ses enfants. Le mari, la femme, l'institutrice, tels sont les personnages en scène. Pour décor, un vieux manoir, au centre d'un domaine historique. Et voici le drame : la femme est trouvée une nuit gisant sur le sol, à un demi-mille environ de la maison ; elle est en toilette du soir, un châle sur les épaules, la tempe trouée d'une balle de revolver. Aucune arme près d'elle. Il semble que le crime ait été commis assez tard dans la soirée. C'est un garde-chasse qui découvrit le corps vers onze heures ; la police et un médecin l'examinèrent, avant qu'on le transportât au manoir. Résumé-je trop, Watson, ou voyez-vous clairement l'affaire ?

– Aussi clairement que possible. Mais pourquoi soupçonne-t-on l'institutrice ?

– Eh bien, c'est d'abord qu'il y a contre elle une charge directe : un revolver, où manquait une balle et dont le calibre correspondait à celui du projectile qui avait causé la mort, a été trouvé sur le plancher de sa garde-robe.

Les yeux fixes, Holmes répéta, en scandant les syllabes :

– Sur – le – plancher – de – sa – garde-robe.

Puis il se tut. Je vis qu'un raisonnement s'élaborait chez lui, et je me serais fait scrupule de l'en distraire. Mais, dans un brusque sursaut, revenant à moi :

– C'est comme je vous le dis, Watson. Et vous concevez, n'est-ce pas, que c'est grave. Deux jurys ont eu la même opinion là-dessus. Puis, la morte avait sur elle un billet lui donnant rendez-vous à l'endroit où le crime a été commis, et ce billet portait la signature de l'institutrice : qu'en pensez-vous ? Enfin, il y a le mobile du crime. Le sénateur Gibson est un homme de conséquence ; que sa femme vienne à mourir, celle qui la remplacera près de lui n'est-elle pas, selon toute probabilité, la jeune personne pour laquelle, si l'on en croit la rumeur, il a déjà eu des attentions pressantes ? Amour, fortune, puissance, tout dépend donc d'une vie sur le retour. Vilaine histoire, Watson, très vilaine !

– En effet, Holmes.

– Point d'alibi possible pour l'institutrice. Elle a reconnu que, vers l'heure où se jouait le drame, elle se trouvait non loin du pont de Thor, qui en a été le théâtre. Elle pouvait d'autant moins nier sa présence à cette place qu'un villageois l'y avait rencontrée.

– Circonstance, péremptoire, il me semble.

– Et pourtant, Watson, pourtant !... Ce pont de Thor est une arche de pierre à double rangée de balustres, au-dessus de laquelle la grande allée du manoir franchit, dans sa partie la plus resserrée, une pièce d'eau longue et profonde, bordée de roseaux, qu'on nomme l'étang de Thor : à son entrée même gisait le cadavre. Tels sont les faits essentiels. Mais voici, je crois, notre client, et fort en avance.

Billy venait d'ouvrir la porte. Qu'on juge de notre surprise en l'entendant annoncer M. Marlow Bates. Ni Holmes ni moi ne connaissions ce visiteur. C'était un homme maigre, tout en nerfs, aux yeux épouvantés, aux façons hésitantes et convulsives. Mon œil de professionnel ne pouvait s'y méprendre : visiblement l'énergie nerveuse qui soutenait cet homme allait le trahir.

– Vous avez l'air bien agité, monsieur Bates, lui dit Holmes. Veuillez vous asseoir. Malheureusement, je ne dispose que d'un temps limité, j'ai un rendez-vous à onze heures.

– Je le sais bien, fit M. Bates, d'une voix saccadée, à peine distincte, comme s'il eût perdu le souffle. Vous attendez M. Gibson. Il arrive. Je suis au service de M. Gibson, j'administre son domaine. C'est une canaille, monsieur Holmes, une affreuse canaille.

– Vous employez les grands mots, monsieur Bates.

– Le temps m'est compté, je parle sans ambages. M. Gibson va être là d'un moment à l'autre, je ne voudrais pas pour tout au monde qu'il me trouvât chez vous. Le malheur est que je n'ai pu venir plus tôt, n'ayant appris que ce matin, par son secrétaire, M. Ferguson, le rendez-vous qu'il vous avait donné.

– Et vous dites que vous êtes son régisseur ?

– Je lui ai donné mon congé. Dans deux semaines j'aurai secoué les odieuses chaînes de ma servitude. Un homme terrible que M. Gibson ; oui, terrible, monsieur Holmes, pour tous ceux qui l'entourent. Ses charités publiques ne lui servent qu'à masquer ses iniquités privées. La première de ses victimes fut sa femme. Il se conduisait comme une brute envers elle. Comment elle a trouvé la mort, je l'ignore ; mais j'affirme qu'il empoisonna sa vie. C'était, vous le savez sans doute, une créature des Tropiques, une Brésilienne.

– Ce détail m'avait échappé.

– Tropicale par la naissance, elle l'était par le tempérament. Le soleil et la passion lui brûlaient le sang. Elle avait aimé son mari comme savent aimer de pareilles femmes. On dit qu'elle avait été fort belle ; en perdant ses charmes physiques, elle perdit tout ce par quoi elle le tenait. Autant nous avions tous d'affection pour elle, autant, lui, nous le détestions, à cause de la manière dont il la traitait. Mais il est rusé, habile à mettre de son côté les apparences. Ne le jugez pas sur de faux semblants, c'est tout ce que j'ai à vous dire. Je m'en vais. Ne me retenez pas. Il ne peut plus être loin.

Sur ces mots, donnant à la pendule un regard effaré, notre visiteur courut a la porte et disparut.

– Eh bien ! fit Holmes après un instant de silence, M. Gibson me paraît avoir des serviteurs fidèles ! N'empêche que nous voilà prévenus. Attendons.

À l'heure dite, un pas pesant ébranla notre escalier, nous vîmes entrer le fameux milliardaire. Je compris, en le regardant, non seulement la terreur et l'aversion qu'il inspirait à son ancien régisseur, mais les malédictions que tant de financiers ses rivaux avaient accumulées sur sa tête. Si j'étais sculpteur, et qu'il me prît fantaisie de personnifier l'homme heureux en affaires, nerfs d'acier et conscience élastique, je choisirais pour modèle M. Neil Gibson. Sa longue personne efflanquée, osseuse, suggérait l'appétit rapace. Qu'on imagine un Abraham Lincoln non pas tendu vers des fins élevées, mais vers de basses besognes. Son visage tout en arêtes semblait taillé dans le granit, tant il avait de dureté, de rigidité implacable, tant il était creusé de lignes profondes et raviné par les crises. Ses yeux gris, froids, ombragés par des sourcils hérissés, nous dévisageaient tour à tour, Holmes et moi, avec une pénétration inquiétante. Il s'inclina cérémonieusement quand Holmes lui dit mon nom ; puis, du même air que s'il était chez lui, avançant un siège près de mon ami, il s'assit à son côté, si proche qu'il le touchait presque de ses genoux aigus.

— Laissez-moi vous déclarer d'abord, monsieur Holmes, commença-t-il, que l'argent, pour moi, ne compte pas dans la circonstance actuelle. Jetez-le par les fenêtres si vous devez, par ce moyen, arriver à la vérité. Cette jeune fille est innocente, il faut qu'elle soit lavée du moindre soupçon ; cela vous regarde, prononcez un chiffre.

— Je n'ai qu'un prix, répliqua froidement Holmes. Jamais je ne m'en écarte, si ce n'est pour refuser tout salaire.

— Soit, mettons que les dollars ne vous intéressent pas ; mais votre réputation ? Tirez-moi l'affaire au clair, et je vous promets une belle réclame dans la presse d'Angleterre et d'Amérique. Les deux continents ne parleront que de vous.

— Grand merci, monsieur Gibson, mais je ne crois pas avoir besoin de réclame. Peut-être vous étonnerai-je en vous disant que je préfère travailler sous le couvert de l'anonymat, pour le seul plaisir du problème. Mais nous perdons notre temps. Venons aux faits.

– Vous les trouverez suffisamment exposés dans les journaux, je doute que j'y puisse ajouter rien d'utile. Cependant, s'il y a un point quelconque que vous désiriez éclaircir, je suis à votre disposition.

– Justement, il y a un point.

– Lequel ?

– Je désirerais savoir la nature exacte de vos relations avec miss Dunbar.

Le roi de l'or fit un sursaut, qui le dressa presque debout ; mais reprenant aussitôt son calme :

– Je suppose que, pour m'adresser une pareille question, vous en avez le droit, monsieur Holmes, et peut-être le devoir ?

– Supposons-le, fit Holmes.

– Eh bien, je puis vous assurer que mes relations avec miss Dunbar furent toujours celles d'un patron avec une personne à son service ; jamais je ne lui ai parlé, jamais je ne l'ai vue en dehors de la compagnie de mes enfants.

Holmes se leva.

– Je suis un homme très occupé, monsieur Gibson ; je n'ai ni le loisir ni le goût des conversations oiseuses. Bien le bonjour !

Notre visiteur s'était levé, lui aussi, dominant Holmes de sa haute silhouette dégingandée ; sous les touffes de ses sourcils brillait une flamme de colère ; un peu de couleur était montée à ses joues blafardes.

– Est-ce à dire, monsieur Holmes, que vous en restez là de cette affaire ?

– Du moins, monsieur, j'en resterai là avec vous. Je croyais m'être nettement exprimé.

– Très nettement, sans doute ; mais encore ?... Dois-je entendre que, s'agissant de moi, votre prix n'est plus le même ? Ou que vous reculez devant les difficultés de l'entreprise ? Vous me devez une réponse franche.

– Mon Dieu, si je vous la dois, la voici. L'affaire est trop compliquée pour que nous la compliquions encore par une information inexacte.

– Vous m'accusez de mensonge ?

– J'essaie de mettre ici toute la délicatesse possible ; mais, si vous tenez à votre mot, je n'y contredis pas.

Je bondis sur mes pieds, car la figure du milliardaire manifestait une rage diabolique et il levait un gros poing noueux. Holmes, cependant, souriait d'un air las et, tirant sa pipe de sa bouche :

– Pas de tapage, monsieur Gibson. J'estime qu'après déjeuner la plus petite dispute est malsaine. Croyez-moi, allez respirer la brise matinale : cela vous rafraîchira les idées et vous fera du bien.

J'admirai avec quelle maîtrise le roi de l'or sut prendre sur lui-même : de la fureur la plus folle, il passa instantanément à une glaciale et dédaigneuse indifférence.

– Comme il vous plaira. J'imagine que vous savez la façon de mener vos affaires. Je ne peux vous obliger malgré vous à me prêter votre concours.

Mais vous ne vous êtes pas rendu service ce matin, monsieur Holmes. J'ai brisé bien des hommes d'une autre trempe que vous. On ne traverse pas impunément mon chemin.

– Je connais ce genre de menace, riposta Holmes en souriant, et je n'en suis pas moins toujours là. Allons, au revoir, monsieur Gibson. Vous avez encore beaucoup à apprendre.

Et tandis que notre visiteur faisait une sortie orageuse, Holmes, imperturbable, fumait en silence, les yeux rêveusement fixés au plafond.

– Aucune idée, Watson ? me demanda-t-il enfin.

– Ma foi, Holmes, je vous l'avoue, quand je considère que cet homme est de ceux qui écartent devant eux tous les obstacles, quand je me rappelle que sa femme en était probablement un pour lui et qu'il n'avait que de l'antipathie pour elle, il me semble…

– Précisément, et à moi aussi.

– Mais comment avez-vous su la nature de ses relations avec l'institutrice ?

– Là, Watson, j'ai bluffé, simplement bluffé. La lettre de Gibson était d'un accent si passionné, elle avait si peu le style convenu, le ton d'une lettre d'affaires ; en revanche Gibson lui-même s'imposait une surveillance telle, et si apparente, que cette contrainte m'éclaira sur la profondeur d'une émotion qui s'adressait bien plus à l'accusée qu'à la victime. Pour parvenir à la vérité, il fallait d'abord être fixé sur les relations qu'avaient entre eux le mari, la femme et l'institutrice. Attaqué de front, vous l'avez vu, Gibson n'a pas bronché. C'est alors que j'ai recouru au bluff, en lui donnant l'impression de la certitude là où je n'avais que de fortes présomptions.

– Peut-être Gibson reviendra-t-il.

– N'en doutez pas, il reviendra. Il est tenu de revenir. Il ne peut s'en dispenser au point où en sont les choses. Mais il me semble qu'on sonne ? Oui. Et voilà un pas que je reconnais… Ah ! parbleu, monsieur Gibson, je disais dans ce moment même au docteur Watson que vous commenciez à être en retard.

– J'ai réfléchi, monsieur Holmes, je me suis trop hâté de prendre en mauvaise part vos paroles. Vous avez raison de vous attacher ainsi aux faits quels qu'ils soient, et cela me confirme dans la bonne opinion que j'ai de vous. Mais je puis vous affirmer que mes relations avec miss Dunbar ne touchent en rien à cette affaire.

– C'est à moi d'en décider, n'est-ce pas ?

– Je vous l'accorde. Vous êtes comme un chirurgien qui, pour formuler son diagnostic, a besoin de connaître tous les symptômes.

– On ne saurait mieux dire. Seul un malade qui voudrait tromper le chirurgien lui cacherait quelque chose.

– Possible. Mais vous admettrez, monsieur Holmes, qu'un homme qu'on interroge de but en blanc sur la nature de ses relations avec une femme ait bien de la peine à réprimer un mouvement de révolte, pour peu que soit en cause un sentiment sérieux. Je me figure que la plupart des gens ont, au fond de l'âme, un coin secret où ils n'aiment pas à voir s'aventurer les intrus. Et c'est là que vous faites brusquement irruption ! Mais vous aviez une excuse : le souci de sauver une innocente. Les dés sont jetés, le coin secret vous est ouvert, explorez-le autant qu'il vous plaira. Que désirez-vous savoir ?

– La vérité.

Le roi de l'or se tut un moment, comme pour ordonner ses pensées ; son visage sombre, aux lignes profondes, était devenu plus grave encore et plus triste.

– Quelques mots me suffiront pour m'expliquer, monsieur Holmes. Des choses que j'ai à vous dire, quelques-unes sont pénibles et d'autres vraiment difficiles. Je n'insisterai pas plus qu'il ne faut. Je connus ma femme au Brésil du temps que j'y cherchais de l'or. Maria Pinto, fille d'un fonctionnaire de Manaos, était fort belle. J'avais alors toute l'ardeur de la jeunesse. Aujourd'hui, regardant le passé d'un œil plus froid et plus lucide, je vois bien que la beauté de Maria Pinto était quelque chose de rare et de merveilleux. Nature richement douée, cœur passionné, exclusif et excessif, elle manquait d'équilibre, elle ne ressemblait point aux autres Américaines. Bref, je l'aimai et je l'épousai. Ce roman dura quelques années, après quoi je m'aperçus que nous n'avions rien, absolument rien de commun. Mon amour déclina. Plût à Dieu que le sien eût décliné aussi, cela eût tout simplifié. Mais vous savez combien les femmes sont extraordinaires. J'eus beau faire, je ne réussis pas à la détourner de moi. On a pu dire que j'avais poussé la dureté envers elle jusqu'à la brutalité ; mais c'était dans la pensée que, si je tuais son amour, si je le changeais en haine, je nous servais l'un et l'autre. Peine perdue. Elle continua de m'adorer dans ces bois d'Angleterre comme elle m'avait adoré, vingt ans auparavant, sur les rives de l'Amazone. Mes pires procédés ne découragèrent point son dévouement. C'est sur ces entrefaites qu'ayant demandé par voie d'annonce une institutrice pour nos enfants, je vis se présenter miss Grace Dunbar. Peut-être avez-vous vu son portrait dans les journaux. Elle aussi, le monde entier l'a proclamé, elle est très belle. Je ne me prétends pas plus moral qu'un autre ; je reconnais que je ne pouvais vivre sous le même toit que cette femme, et en contact quotidien avec elle, sans m'en éprendre violemment. Me blâmez-vous, monsieur Holmes ?

– Je ne vous blâmerais que si, non content de vous éprendre d'elle, vous lui avez fait connaître vos sentiments ; car, en un sens, elle était sous votre sauvegarde.

— Il se peut, répliqua Neil Gibson, dans les yeux de qui s'était allumé un éclair de colère. Je vous le répète, je ne me fais pas meilleur que je ne suis. Toute ma vie, j'avais eu comme à portée de la main tout ce que désirais. Et jamais je n'avais rien tant désiré que l'amour et la possession de cette femme. Je le lui déclarai.

— En vérité ?

L'émotion donnait généralement à Holmes une espèce d'autorité irrésistible.

— Je lui déclarai que je l'eusse épousée si j'avais été libre, que l'argent n'est rien en soi, et que tout ce que je pourrais faire pour lui assurer une existence heureuse et large, j'étais prêt à le faire.

— Je ne doute pas de votre générosité, ricana mon ami.

— Permettez, monsieur Holmes. Je suis ici pour une question de renseignement, non de moralité. Gardez vos critiques.

— Si je consens à m'occuper de cette affaire, c'est uniquement par considération pour cette jeune fille, répondit sévèrement Holmes. Ce dont on l'accuse n'est peut-être pas pire que ce que vous venez d'avouer, à savoir que vous avez tenté de déshonorer, sous votre toit, une jeune fille sans défense. Vous êtes ainsi quelques riches à qui l'on ne saurait permettre de compter toujours sur la coupable indulgence du monde.

Je m'étonnai fort en moi-même de voir le roi de l'or accepter sans protestation cette mercuriale.

— C'est ce que je me dis aujourd'hui à moi-même. Grâce à Dieu, mes projets échouèrent. Miss Dunbar repoussa toutes mes avances. Elle voulait fuir sur-le-champ ma maison.

– D'où vient pourtant qu'elle resta ?

– D'abord, elle avait des personnes à sa charge et il lui coûtait de les sacrifier en abandonnant sa place. Quand je me fus engagé par serment à cesser mes poursuites, elle consentit à rester. Une autre raison l'y décida : elle savait qu'elle exerçait sur moi une influence comparable à nulle autre, et elle pensait l'utiliser à de justes fins.

– Comment ?

– Voilà. Elle connaissait un peu mes affaires. Or mes affaires, monsieur Holmes, ont une ampleur que ne soupçonne pas le commun des mortels. Je fais et je défais à ma guise, – le plus souvent je défais, – non pas seulement les individus, mais les sociétés, les cités, les nations mêmes. Rude jeu que le jeu des affaires, et tant pis pour le faible s'il y est écrasé d'avance. Je le jouais sans pitié pour moi, sans pitié pour les autres. Miss Dunbar ne partageait pas mes idées là-dessus. Elle professait, peut-être avec raison, que nul n'a le droit d'édifier une fortune supérieure à ses besoins sur les ruines de dix mille autres qu'il laisse sans moyens d'existence ; apparemment, elle voyait, par delà les dollars, quelque chose de plus durable. S'apercevant que je l'écoutais, elle crut qu'agir sur moi c'était servir l'intérêt du monde. Elle resta donc. Le drame allait s'ensuivre.

– Et sur le drame lui-même, savez-vous rien qui l'éclaire un peu ?

Le roi de l'or fut un moment sans répondre ; la tête entre les mains, il semblait perdu dans ses pensées.

– Tout accuse miss Dunbar, je ne le nie pas. D'autant que les femmes ont une vie intérieure que nul ne pénètre et peuvent accomplir des actes qui dépassent le jugement des hommes. À la première nouvelle, consterné, atterré, je crus qu'elle s'était laissé porter – comment ? je n'en savais rien, – à une extrémité pourtant incompatible avec sa nature.

Il me vint à l'idée une explication, je vous la donne pour ce qu'elle vaut, monsieur Holmes. Il y a une jalousie spirituelle, susceptible de la même frénésie que la jalousie physique. Si ma femme n'avait aucune raison, et probablement s'en rendait compte, d'espionner miss Dunbar, elle n'était pas sans savoir que la jeune Anglaise avait sur moi un empire qu'elle-même n'avait jamais eu. Empire bienfaisant, mais cela n'arrangeait pas les choses. Elle était folle de haine, et les feux du ciel brésilien lui brûlaient toujours le sang. Peut-être avait-elle fait le projet de tuer miss Dunbar ; ou peut-être, en la menaçant d'un revolver, aura-t-elle voulu lui arracher la promesse de nous quitter : il y aura eu lutte, le revolver sera parti, tuant celle qui le tenait.

– J'y avais déjà pensé, dit Holmes ; en dehors d'un meurtre prémédité, je ne vois que cette explication qui soit plausible.

– Elle se heurte aux dénégations de miss Dunbar.

– Qu'elle soit vraie, et nous pouvons conclure. On comprend qu'après une aussi terrible scène, une femme, rentrant chez elle tout égarée, encore armée de son revolver, le jette, sans presque savoir ce qu'il fait, au milieu de ses vêtements, et qu'une fois le revolver retrouvé, incapable d'une justification sincère, elle se réfugie dans le mensonge. Qu'est-ce qui, à votre avis, interdirait cette hypothèse ?

– Le caractère même de l'accusée.

– Je veux bien le croire.

Holmes consulta sa montre.

— Vraisemblablement, nous aurons ce matin les permis nécessaires pour voir l'accusée dans sa prison ; en ce cas, nous nous rendrons à Winchester dès ce soir. Il se peut qu'après avoir causé avec miss Dunbar je vous sois encore utile ; mais je ne vous garantis pas que mes conclusions répondent à vos espérances.

Contrairement aux prévisions d'Holmes, les permis officiels se firent attendre ; de sorte qu'au lieu de nous rendre à Winchester nous allâmes l'après-midi à Thor Place, le domaine de M. Neil Gibson dans le Hampshire. Le roi de l'or ne nous accompagnait pas ; mais nous avions l'adresse du sergent Coventry, de la police locale, qui s'était le premier occupé de l'affaire. C'était un homme d'une très haute taille, d'une maigreur de squelette, et dont les façons donnaient à entendre qu'il en savait ou soupçonnait plus qu'il ne pouvait dire. Il avait la manie de laisser, par instants, tomber tout d'un coup la voix pour vous chuchoter, ainsi qu'un secret de la première importance, l'information la plus banale. À cela près, il eut vite fait de se révéler à nous comme un garçon convenable, honnête, assez modeste pour reconnaître qu'il avait perdu pied dans l'affaire et qu'il ne demandait qu'à être secouru.

— Seulement, monsieur Holmes, dit-il, j'aime mieux votre intervention que celle de Scotland Yard. Quand Scotland Yard intervient, en cas de succès tout l'honneur est pour lui ; en cas d'échec, c'est la police locale qu'on blâme. Avec vous, au moins, chacun en a selon ses mérites.

— Pour ce qui est de l'affaire actuelle, je n'éprouve aucun besoin de paraître, répondit Holmes, à la satisfaction évidente de son interlocuteur. Si j'ai la chance d'y porter un peu de lumière, je ne demande pas que l'on prononce mon nom.

— Ça, c'est gentil, bien sûr. Et quant à votre ami M. Watson, je sais qu'on peut avoir en lui toute confiance. Maintenant que vous voilà parti pour votre enquête, je voudrais, monsieur Holmes, vous faire une question. Il n'y a que vous à qui j'en soufflerais mot.

Et le sergent regarda autour de lui, comme s'il n'osait formuler ce qu'il avait à dire.

— Ne pensez-vous pas que le vrai coupable, ce pourrait être M. Neil Gibson ?

— Je me le suis demandé, répondit Holmes.

— Si vous connaissiez miss Dunbar ! Une personne belle et admirable sous tous les rapports. M. Gibson peut parfaitement avoir voulu se débarrasser de sa femme. Les Américains ont plus que nous le revolver facile. Et vous savez que c'est un revolver à lui qui a servi pour le meurtre.

— Cela est-il bien démontré ?

— Oui, monsieur. Le revolver faisait partie d'une paire.

— D'une paire ? Mais alors, où est le second ?

— M. Gibson a tout un lot de ce genre d'armes. Nous avons vainement cherché un second revolver identique. Cependant la boîte est faite pour deux.

— Si le revolver qui a servi pour le meurtre avait fait partie d'une paire, vous auriez certainement retrouvé le semblable.

— On peut vous montrer la collection si vous désirez l'examiner.

— Auparavant, allons jeter un coup d'œil sur le lieu du drame.

Cette conversation se tenait dans la petite chambre occupée par le sergent Coventry sur le devant de l'humble maison où était le bureau de police. Une marche d'un demi-mille à travers une lande, au milieu de fougères bronzées et dorées par l'automne, nous conduisit à une grille latérale ouvrant sur les terrains de Thor Place. Nous prîmes alors un sentier qui coupe la réserve des faisans et, d'une clairière, nous ne tardâmes pas. à découvrir la maison. Elle couronnait une colline de sa vaste façade, dont le style mariait l'époque des Tudors à celle des Georges. Près de nous s'allongeait un étang bordé de roseaux. Étroit à son centre, où la grande allée le traversait sur un pont de pierre, il s'élargissait sur les côtés pour former de petits lacs. Notre guide, s'arrêtant à l'entrée du pont, nous montra le sol.

– C'est là que gisait le corps de Mrs. Gibson, dit-il.

– J'ai cru comprendre que vous étiez arrivé avant qu'on y eût touché ?

– Oui, l'on était venu me chercher tout de suite.

– Sur l'ordre de qui ?

– De M. Gibson lui-même. L'alarme donnée, lorsque avec tout son monde il s'élança au dehors, il recommanda qu'on ne touchât à rien avant l'arrivée de la police.

– Recommandation fort sage. D'après les journaux, le coup de feu avait été tiré de près ?

– De très près, monsieur.

– À la tempe gauche ?

– Juste derrière.

– Comment était couché le cadavre ?

– Sur le dos. Aucune trace de lutte. Aucune marque. Les doigts de la morte étreignaient encore le billet de miss Dunbar.

– Étreignaient, dites-vous ?

– Oui, monsieur ; nous ne les desserrâmes qu'à grand'peine.

– Ce détail est d'une grande importance. Il exclut l'idée que, pour égarer la justice, on ait placé le billet entre les doigts de la morte. Ce billet, je crois, se réduisait à une ligne, suivie de la signature. « Je serai au pont de Thor à neuf heures. – G. Dunbar. » Est-ce exact ?

– Oui, monsieur.

– Quelle explication donne l'accusée ?

– Elle n'en donne pas. Elle se réserve pour les assises.

– Problème intéressant, la question du revolver restant, n'est-ce pas, des plus obscures ?

– Pardonnez-moi, monsieur : cette question me semblait, en réalité, ce qu'il y avait de plus clair dans l'affaire.

Holmes hocha la tête.

– Si le billet est authentique, et nous savons qu'il l'est, Mrs. Gibson a dû le recevoir un certain temps… par exemple, une heure ou deux avant le drame. Mais alors, pourquoi le serrait-elle encore dans sa main gauche ? Qu'avait-elle besoin de le porter au rendez-vous ? En quoi lui était-il nécessaire ? Cela ne vous frappe pas ?

– Oui, peut-être, à présent que vous me le faites remarquer, monsieur.

– Laissez un peu que je réfléchisse.

Ce disant, Holmes s'assit sur le rebord de la balustrade. Je voyais ses yeux mobiles darder d'un côté à l'autre leur regard interrogateur. Tout à coup, d'un bond, se remettant sur pied, il courut vers la balustrade opposée, tira de sa poche une loupe et se mit à examiner la tablette.

– Curieux, fit-il.

Sur le fond gris de la pierre tranchait un espace blanc qui pouvait mesurer tout au plus le diamètre d'une pièce de six pence : en y regardant de près, on voyait que la surface avait été ébréchée par un coup.

– Pour faire cela, dit Holmes, il a fallu un coup d'une certaine violence.

Et de sa canne il frappa plusieurs fois le rebord de la tablette, sans y laisser la moindre marque.

– Oui, l'on a dû taper fort, reprit-il. Et à un endroit bizarrement choisi. Non point par-dessus, mais par-dessous. Car, ainsi que vous le voyez, le coup a porté sur l'arête inférieure... Aussi les deux faits peuvent-ils n'avoir pas de liens entre eux, mais la coïncidence mérite qu'on la note. Je ne crois pas qu'il nous reste ici grand'chose à apprendre. Le sol, m'avez-vous dit, ne portait aucune empreinte ?

– Aucune. Il était d'ailleurs très dur.

– Alors, nous n'avons plus qu'à pousser jusqu'à la maison pour voir les armes dont vous nous avez parlé ; puis nous partirons pour Winchester car, avant de poursuivre, je tiens à m'entretenir avec miss Dunbar.

M. Neil Gibson n'était pas rentré de Londres ; mais nous trouvâmes dans la maison le trépidant M. Bates, dont nous avions eu la visite le matin, et qui étala devant nous, avec une sorte de volupté lugubre, le formidable assortiment d'armes de tous les genres et de toutes les dimensions, réunies par son patron au cours d'une vie aventureuse.

– M. Gibson, dit-il, a des ennemis, comme peut s'en douter quiconque connaît son caractère et ses méthodes. Il ne dort qu'ayant un revolver chargé dans un tiroir à côté de lui. C'est un homme violent, monsieur, et il y a des moments où il nous fait peur à tous. Je suis convaincu qu'il a souvent terrorisé la pauvre madame.

– Avez-vous jamais été témoin de voies de fait sur elle ?

– Non, je ne peux pas dire cela, mais j'ai entendu des paroles qui valaient des sévices, des paroles humiliantes, cinglantes, même devant les domestiques.

– Notre milliardaire ne m'a pas l'air des plus reluisants dans la vie privée, me dit Holmes, tandis que nous nous acheminions vers la gare. Tout bien compté, Watson, nous avons recueilli un assez bon nombre de faits, parmi lesquels il en est de nouveaux. Cependant je ne me vois pas encore près d'une conclusion. Malgré l'antipathie évidente de M. Bates pour son maître, il ressort de ses déclarations qu'au moment où l'alerte fut donnée, Gibson se trouvait dans la bibliothèque. Le dîner avait pris fin à huit heures trente, jusque là il ne s'était rien passé que de normal. À la vérité, l'alerte ne se produisit qu'à une heure assez tardive ; aussi l'heure où avait eu lieu le drame doit être, à peu près, celle dont il est question dans le billet de l'institutrice. Rien ne prouve que M. Gibson ait quitté une minute la maison depuis son retour de la ville à cinq heures. D'autre part, miss Dunbar reconnaît, paraît-il, avoir pris rendez-vous avec Mrs. Gibson près du pont. À part cela, elle refuse de rien dire, son avocat lui ayant conseillé de réserver ses moyens de défense. Nous avons à l'interroger sur plusieurs points d'une importance capitale et je ne serai tranquille qu'après l'avoir vue. Je dois vous avouer que sa cause me semblerait bien mauvaise, n'était un détail.

– Lequel, Holmes ?

– Le fait qu'on a trouvé le revolver dans sa garde-robe.

– Mais sapristi, Holmes, c'est ce fait-là surtout qui me semblait la condamner !

– Erreur, Watson. Même à première vue, je l'ai jugé très étrange ; aujourd'hui que je connais mieux l'affaire, il est le seul sur lequel je fonde un espoir. Nous avons besoin que tout se tienne ; faute de quoi, nous nous exposons à être déçus.

– Je ne vous suis pas.

– Supposons un instant, Watson, que vous soyez femme et que, froidement, vous ayez résolu la mort d'une rivale. Vous écrivez un billet. La victime arrive. Vous avez votre arme, vous commettez votre crime. Cela est très féminin et très complet. Me direz-vous qu'après avoir fait preuve d une habileté consommée dans l'exécution de votre dessein, vous allez ruiner votre œuvre et votre réputation en oubliant de jeter votre arme au milieu de ces roseaux, qui la déroberaient à tout jamais, et que vous sentirez le besoin irrésistible de la rapporter chez vous, pour la mettre dans votre garde-robe, c'est-à-dire à la place même où l'on ne manquera pas d'aller la chercher ? Vos meilleurs amis, Watson, hésiteraient à prétendre que vous ayez l'imagination créatrice ; et cependant je ne vous vois guère accomplissant un acte d'une aussi falote inconséquence.

– Dans la fièvre du moment…

– Non, Watson, non, ce n'est pas possible. Qui prémédite froidement un crime prémédite non moins froidement les moyens d'en esquiver les responsabilités. J'espère que nous sommes ici devant un malentendu grave.

– Que de choses à expliquer, alors !

– Nous tâcherons de les rendre explicables. Sitôt que le point de vue se déplace, telle chose qui constituait une présomption inquiétante devient un indice de vérité. Prenons le fait du revolver. Miss Dunbar dit ne pas connaître cette arme. D'après notre théorie nouvelle, miss Dunbar dit vrai. Donc, ce n'est pas elle qui l'a mise dans la garde-robe. Et si ce n'est pas elle, qui est-ce ? Quelqu'un qui voulait la perdre. Ce quelqu'un ne serait-il pas le criminel ? Vous voyez comme, tout de suite, nous nous engageons dans une voie qui peut nous ménager des surprises.

Les formalités pour la délivrance des permis nous obligèrent de passer la nuit à Winchester ; mais, dès le lendemain matin, en compagnie de M. Joyce Cummins, le jeune avocat déjà très estimé à qui était confié le soin de la défense, nous allâmes voir miss Dunbar dans sa prison. Qu'elle fût belle, je le présumais de reste après ce qu'on m'en avait dit ; mais jamais je n'oublierai l'effet qu'elle produisit sur moi. Je ne m'étonnai pas que l'omnipotent milliardaire eût trouvé chez elle une autorité qui s'imposait à lui et qui le dirigeait. À voir ce visage énergique, nettement découpé, et qui reflétait pourtant la sensibilité la plus vive, on sentait que, fût-elle capable de céder à un mouvement impétueux, miss Dunbar n'en avait pas moins une foncière noblesse d'âme et que son influence ne devait s'exercer que pour le bien. Elle était brune, la taille élancée, le port majestueux, l'air digne, mais il y avait dans ses yeux la même expression éplorée, misérable, qu'on voit aux yeux d'une bête quand le filet du chasseur s'est rabattu sur elle et qu'elle cherche en vain une issue à travers le réseau. En voyant mon illustre ami, elle se rendit compte du secours qui lui venait ; un peu de couleur teinta ses pommettes et son regard s'éclaira d'une lueur d'espoir.

– Peut-être M. Neil Gibson vous a-t-il dit quelque chose de nos rapports, demanda-t-elle d'une voix basse et tremblante.

– Oui, répondit Holmes, ne vous mettez pas en peine d'explications là-dessus. Je n'ai qu'à vous regarder pour être certain que M. Neil Gibson ne m'a rien dit qui ne soit vrai quant à l'ascendant que vous aviez sur lui et au caractère irréprochable de vos relations. Mais, ces choses-là, pourquoi les avoir laissées dans l'ombre devant le juge ?

– Il me semblait impossible qu'on maintînt l'accusation. Je pensais que, si nous attendions, tout s'éclaircirait sans qu'il nous fallût entrer dans de pénibles détails sur la vie intime de la famille. Hélas ! loin de s'éclaircir, tout n'a fait que s'assombrir, je crois.

– Ma pauvre enfant, répliqua gravement Holmes, je vous demande de ne conserver à cet égard aucune illusion. M. Cummins peut vous le certifier, nous avons contre nous toutes les apparences, et il importe de ne rien négliger pour vaincre. Prétendre que vous n'êtes pas en grand danger serait vous tromper cruellement. Aidez-moi, autant qu'il est en votre pouvoir, à découvrir la vérité.

– Je ne vous ferai point de mystère.

– Dites-moi quelles étaient au plus juste vos relations avec Mrs. Gibson.

– Elle me haïssait, monsieur Holmes, elle me haïssait avec toute la véhémence d'une nature tropicale. Elle ne faisait rien à demi, et sa haine pour moi était à la mesure de son amour pour son mari. Sans doute se méprit-elle sur la nature des rapports que nous avions, lui et moi. Ils ne contenaient, certes, rien d'injurieux pour elle ; mais sa façon d'aimer était d'un ordre qui ne lui permettait pas de comprendre un lien purement mental ou même spirituel, ni de concevoir que le désir d'exercer sur son mari une action bienfaisante me retenait seul sous son toit. J'avais tort, d'ailleurs, je m'en aperçois aujourd'hui et je le confesse. Rien n'aurait dû me faire rester puisque j'étais une cause de malheur pour cette femme, qui, cependant, n'eût pas été moins malheureuse si j'avais quitté sa maison.

– À présent, miss Dunbar, veuillez nous dire tout ce que vous savez des circonstances du drame.

– Ici encore, je ne dirai que la vérité, monsieur Holmes. Mais je ne suis en mesure d'apporter aucune preuve. Il y a des faits d'un intérêt primordial, dont l'explication ne m'est pas même concevable.

– Fournissez les faits, peut-être vous fournira-t-on l'explication.

– Eh bien donc, en ce qui concerne ma présence, la nuit, près du pont de Thor, sachez que j'avais reçu le matin un mot de Mrs. Gibson. Je le trouvai sur une table de la salle d'étude ; il se peut qu'elle l'y eût déposé elle-même. Elle me demandait instamment de consentir à la voir près du pont après le dîner ; elle avait, prétendait-elle, une communication très sérieuse à me faire et me priait de lui laisser une réponse au jardin sur le cadran solaire. Je ne comprenais pas pourquoi tout ce mystère ; mais je fis ce que me demandait Mrs. Gibson ; j'acceptai son rendez-vous et, selon le désir qu'elle exprimait, je brûlai sa lettre dans la cheminée de la salle d'études. Elle redoutait son mari, à qui j'avais reproché maintes fois la dureté qu'il lui montrait ; j'attribuai les précautions dont elle entourait sa démarche à la crainte qu'il en eût connaissance.

– Elle, cependant, garda soigneusement votre réponse ?

– Oui. Je fus étonnée d'apprendre qu'elle la tenait dans sa main au moment de sa mort ?

– Ensuite ?

– Je me conformai à la promesse que je lui avais faite. J'allai au rendez-vous. Je la trouvai près du pont, qui m'attendait. Jamais, jusque-là, je n'avais soupçonné à quel point j'étais détestée de la pauvre femme. Elle avait l'air d'une folle ; à vrai dire, elle devait l'être, et posséder cet instinct profond de ruse, de dissimulation, que parfois l'on observe chez les fous. Sans cela, comment eût-elle pu me voir chaque jour avec une indifférence si marquée, alors que dans son cœur elle nourrissait contre moi une haine furieuse ? Les propos qu'elle me tint, je ne saurais vous les répéter. Elle déversa sur moi un torrent de paroles extravagantes, horribles. Je ne lui répondis pas, je n'en aurais pas eu la force. Sa seule vue était à faire peur. Je m'enfuis en me bouchant les oreilles. Elle était, dans ce moment, à l'entrée du pont, d'où elle vomissait contre moi les imprécations et les invectives.

– Quand on la retrouva, où était-elle ?

– À quelques yards plus loin.

– La mort avait dû suivre de près votre fuite ; et, néanmoins, vous n'aviez rien entendu ?

– Rien. Mais voyez-vous, monsieur Holmes, j'avais été si remuée, si bouleversée par cette scène, que je ne songeai qu'à me réfugier dans la paix de ma chambre, et j'étais incapable de remarquer quoi que ce fût.

– Une fois remontée dans votre chambre, en êtes-vous ressortie avant le lendemain ?

– Oui : quand les cris dont la maison retentit m'annoncèrent la mort de la pauvre femme, je me précipitai au dehors avec les autres.

– Avez-vous vu alors M. Gibson ?

– Il avait couru jusqu'au pont ; je le vis à son retour, quand il venait de prévenir le médecin et la police.

– Vous parut-il très ému ?

– C'est un homme énergique, maître de lui. Je ne crois pas qu'en aucune circonstance il manifeste ses émotions. Mais je le connais bien et me rendis bien compte qu'il était profondément affecté.

– Nous touchons au point capital. Le revolver fut trouvé dans votre garde-robe : aviez-vous déjà vu cette arme ?

– Jamais, je le jure.

– Quand le trouva-t-on ?

– Le lendemain de l'événement, dans la matinée, au cours des recherches de la police.

– Parmi vos vêtements ?

– Sous mes vêtements, sur le plancher, à l'intérieur du meuble.

– Vous n'auriez pu dire depuis combien de temps il était là ?

– Il n'y était pas la veille à pareille heure.

– Comment le savez-vous ?

– Parce que, la veille, j'avais mis de l'ordre dans ma garde-robe.

– Il faut donc que quelqu'un ait pénétré dans votre chambre et mis le revolver à cette place ?

– Sans doute.

– Mais à quel moment avait-on pu s'introduire ainsi chez vous ?

– Soit au moment du déjeuner, soit aux heures où j'étais avec les enfants dans la salle d'études.

– Vous y étiez avec eux lorsque vous avez trouvé sur la table le mot de Mrs. Gibson ?

– Oui, j'y suis restée toute la matinée.

– Merci, miss Dunbar. N'y a-t-il, à votre connaissance, aucun autre fait de nature à éclairer notre enquête.

– Aucun, si j'ai bonne mémoire.

– Juste en face de l'endroit où gisait le corps, nous avons relevé, sur la balustrade du pont, une marque de violence, une écorchure toute fraîche. À votre idée, comment s'expliquerait-elle ?

– Simple coïncidence peut-être.

– Curieux, miss Dunbar, curieux. Pourquoi cette marque apparaîtrait-elle, et à cet endroit, dans le moment même du drame ?

– Elle suppose un coup très fort : d'où serait-il venu ?

Holmes ne répondit pas. Son visage, d'une ardente pâleur, avait pris cette tension, cet air d'absence qui, toujours, me présageaient les manifestations décisives de son génie. Il se produisait dans sa pensée une crise si évidente que, n'osant proférer un mot, nous restions là tous trois, l'avocat, l'accusée et moi, épiant sa méditation silencieuse. Soudain, il s'élança de sa chaise, vibrant, secoué par le besoin d'agir.

– Venez, Watson, venez ! me cria-t-il.

– Qu'avez-vous, monsieur Holmes ?

– Ne vous inquiétez pas, mon enfant. Monsieur Cummins, vous aurez de mes nouvelles ; avec l'aide du Dieu de justice, je remettrai en vos mains une affaire qui aura quelque retentissement dans le pays. Patientez jusqu'à demain, miss Dunbar. Je tiens seulement à vous dire, en attendant, que les nuages se dissipent et que la vérité finira par briller.

Le voyage est court de Winchester à Thor Place ; mais l'impatience me le fît paraître long, et je vis qu'Holmes le trouvait interminable. Ne pouvant tenir en place, il arpentait fébrilement le wagon ou tambourinait des doigts sur les coussins de la banquette.

Pourtant, comme nous étions près d'arriver à destination, il s'assit en faee de moi – nous avions pour nous seuls toute une voiture de première classe – et, les deux mains sur les genoux, il me regarda dans le blanc des yeux, d'un certain air qui trahissait généralement chez lui les résolutions extrêmes.

– Watson, me dit-il, vous emportez toujours une arme dans nos petites promenades ?

Je lui répondis que, si je prenais cette précaution, c'était pour lui, qui ne veillait pas suffisamment à sa sécurité quand un problème l'absorbait et, qu'en plus d'une occasion, mon revolver lui avait prêté une assistance amicale.

– C'est vrai, dit-il, je suis parfois un peu distrait. Donc, vous avez sur vous votre revolver ?

Je sortis d'une poche de ma ceinture une petite arme courte, commode, d'ailleurs capable de rendre d'excellents services. Holmes dégagea le barillet, ôta les cartouches et, après un examen en règle :

– C'est lourd, me dit-il, remarquablement lourd.

– Et c'est un travail solide. Il réfléchit une minute, puis :

– Votre revolver, je crois, Watson, va être intimement lié à la solution de notre problème.

– Plaisantez-vous, Holmes ?

– Je parle le plus sérieusement du monde. Nous avons une expérience à faire. Si elle réussit, notre problème est résolu. Tout dépend de la façon dont se comportera cette arme. Éliminons, une cartouche. Là. Replaçons les cinq autres et remettons le cran d'arrêt. Ainsi la reconstitution est plus fidèle.

Je n'avais aucune idée de ce qu'il méditait, d'ailleurs il ne daigna pas m'en faire part ; mais il se replongea dans ses pensées, pour ne revenir à lui qu'au moment de descendre du train à la petite station de Hampshire. Nous nous assurâmes une méchante carriole. Un quart d'heure plus tard, nous arrivions chez notre brave ami le sergent Coventry.

– Vous avez du nouveau, monsieur Holmes ?

– Je n'en sais rien encore, c'est le revolver du docteur Watson qui nous fixera. Pouvez-vous me procurer dix yards de ficelle ?

L'épicerie du village nous en fournit une pelote d'une qualité très solide.

– Voilà, j'imagine, qui fera notre affaire. Et maintenant, s'il vous plaît, en route. J'espère que notre voyage touche à sa fin.

Le soleil se couchait, les landes du Hampshire déroulaient de tous les côtés leur magnificence automnale. Le sergent allait se dandinant près de nous et, de temps en temps, lançait à mon ami un regard oblique, comme s'il doutait de sa raison. En approchant de la scène du crime, je m'aperçus que, sous son air de froideur habituel, Holmes était profondément agité. Je lui en fis la remarque.

– Oui, me dit-il, vous m'avez vu quelquefois manquer le but. Il m'est arrivé que mon instinct,

généralement assez sûr, me fît faire fausse route. Dans la prison de Winchester, j'ai eu brusquement l'impression de voir luire la certitude. Mais c'est le défaut d'un esprit actif de trouver à tout des explications contradictoires, de sorte qu'il ne peut se flatter d'être dans la bonne voie. Et tout de même, Watson, tout de même… Essayons.

Nous étions arrivés. Tout en marchant, Holmes avait fortement noué un des bouts de la ficelle à la crosse du revolver. Guidé par le représentant de la police, il marqua soigneusement la place exacte où l'on avait découvert le corps. Puis il se mit à chercher parmi la bruyère et les fougères ; il en retira un très gros caillou qu'il attacha à l'autre bout de la ficelle et, l'ayant fait passer par-dessus la balustrade, il le laissa pendre au-dessus de l'eau. Enfin, il revint à la place fatale ; il tenait à la main mon revolver, si bien qu'à mesure qu'il s'éloignait le poids du caillou tendait la ficelle nouée à la corde.

– Allons, s'écria-t-il.

À ces mots, élevant le revolver au niveau de sa tête, il le lâcha ; l'arme, emportée par le poids du caillou, alla frapper avec un bruit sec l'appui de la balustrade, passa par-dessus et tomba dans l'eau. Déjà Holmes s'était agenouillé devant la balustrade, un cri joyeux nous informait du succès de son expérience.

– Vit-on jamais, s'écria-t-il, démonstration plus parfaite ! Votre revolver a résolu le problème, Watson !

Ainsi parlant, il désignait, sur le rebord inférieur de l'appui où elle venait d'apparaître, une seconde écornure ayant exactement la même forme que la première et la même dimension.

– Nous passerons la nuit à l'auberge, continua-t-il, en se relevant.

Et tandis que le sergent le regardait tout interdit :

– Si vous voulez bien, lui dit-il, vous procurer un grappin, il vous sera facile de rendre à mon ami son revolver. Vous trouverez à côté de cette arme le revolver, la ficelle et le poids à l'aide desquels une femme vindicative a tenté de déguiser son suicide pour faire peser sur une autre l'accusation d'assassinat. Vous pouvez prévenir M. Gibson que j'irai demain matin causer avec lui des mesures à prendre pour la justification de miss Dunbar.

Dans la soirée, pendant que nous fumions notre pipe à l'auberge du village, Holmes me résuma l'affaire.

– Je crains, Watson, me dit-il, qu'en la rapportant dans vos annales vous n'ajoutiez guère à mon renom. J'y ai montré une lenteur d'esprit lamentable ; je n'ai pas su y apporter ce mélange d'imagination et de sens positif qui est à la base de mon art. La seule écornure de la balustrade aurait dû, je le confesse, m'acheminer vers la solution du problème ; je m'en veux, de n'y être pas arrivé plus tôt.

« Certes, les moyens mis en œuvre par la malheureuse Mrs. Gibson dans l'exécution de son dessein étaient d'une complication trop subtile pour qu'on s'en avisât d'emblée. Je ne crois pas que, dans aucune de nos aventures, nous trouverions un exemple plus étrange de ce que peut faire un amour perverti. Aux yeux de Mrs. Gibson, une rivalité purement spirituelle en valait une autre et, de la part de miss Dunbar, constituait un tort aussi impardonnable. Lorsque à ses témoignages d'affection son mari ne répondait que par des procédés fâcheux et des paroles rebutantes, certainement elle en faisait grief à la jeune fille, qui n'en pouvait mais. Sa première idée fut de se tuer ; sa seconde fut de s'y prendre de telle manière qu'elle infligeât à miss Dunbar un sort encore plus affreux.

« Nous pouvons suivre un à un les développements de sa pensée : ils dénotent une ingéniosité remarquable. D'abord, elle trouve le moyen de se faire adresser par miss Dunbar un billet d'où semble ressortir que la jeune fille a choisi elle-même le lieu du crime ; et, dans la préoccupation d'assurer la découverte du billet, peu s'en faut qu'elle-même n'en détruise l'effet en le tenant à la main quand elle se donne la mort : ce seul fait aurait dû éveiller plus tôt ma méfiance.

« Puis elle prend un des revolvers dont vous avez vu que son mari avait tout un lot, et elle le garde pour son propre usage ; mais le matin du jour où s'accomplira sa funèbre résolution, elle cache un revolver semblable dans la garde-robe de l'institutrice, après avoir tiré une cartouche, ce qu'elle a pu faire aisément dans les bois sans attirer l'attention de personne. Enfin, le soir, elle se rend au pont. Elle a imaginé un moyen singulièrement habile de faire, après sa mort, disparaître son arme. Rejointe par miss Dunbar, elle use sa dernière énergie, son dernier souffle à lui crier sa haine et, lorsqu'elle l'a mise en fuite, elle se tue.

Voilà tous les chaînons en place, la chaîne est complète. Les journaux pourront demander pourquoi l'on n'a pas tout de suite dragué l'étang : c'est là de ces choses dont on s'avise d'ordinaire après coup ; sans compter qu'on ne drague pas un étang aussi vaste, et couvert de roseaux, sans avoir la claire notion non seulement de ce qu'on cherche, mais de la place où il convient de le chercher.

« Allons, Watson, nous venons de rendre l'un à l'autre une femme du plus grand mérite et un homme formidable. Que dans l'avenir ils unissent leurs forces, éventualité prévisible, et le monde financier s'apercevra sans doute que M. Neil Gibson a appris quelque chose à l'école de la douleur où se prennent toutes les grandes leçons d'ici-bas.